contraescrita

ESTE APARELHO
DEVE SER INSTALADO
POR PESSOAS COMPETENTES

Primeiro Manual

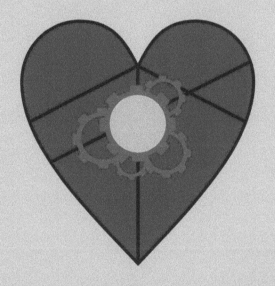

por
philipe pharo da costa

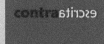

ESTE APARELHO
DEVE SER INSTALADO
POR PESSOAS COMPETENTES
Manual Primeiro

por

Filipe Faro da Costa

ContraatircsE
Edições
2018

Autor: Filipe Faro da Costa

Título: Este Aparelho Deve Ser Instalado por Pessoas Competentes

Sub-Título: Primeiro Manual

Revisão: do Autor (28 de maio 2018)

Design de Capa e Interior: ContraatircsE

Co-Ilustração de Capa: Ava Faro da Costa

Produção: ContraatircsE

1ª Edição – 7 de maio 2018 (capa mole)

Local de Publicação: Portugal (Arcos de Valdevez)

AO 1990 e Outros

Depósito Legal: 440514/18

ISBN: 978-989-54130-0-3

Contacto para encomendas a retalho: ContraatircsE@gmail.com

Dedicatória

Aos amigos que perduram.

O Autor

Índice

Agradecimentos

Aos que continuam a ler os meus contos e poemas.

Preâmbulo

Este livro resulta de uma experiência proto-literária com conceção microcontista desenvolvida ao longo de um período de dois anos, e que foi sendo publicada através de uma lista de distribuição criada pelo autor numa rede social, ainda que nem todos estes microcontos tenham sido antes visualizados pelos membros dessa lista devido a algumas denúncias sexistas ou amorosas, quiçá políticas, que obrigaram o autor a censurar muitas delas.

Quer o contista agradecer a todos os que ao longo desse tempo se divertiram, riram, gozaram, e que o criticaram e as suas histórias, assim contribuíndo para esta publicação que se pretende cheia de humor; realismo quotidiano moderno; contrassexismo e outros -ismos menos frequentes, bem como atingir um vasto e variado público que se possa identificar com algumas das histórias ainda que impossivelmente com todas.

Todas estes microcontos têm uma base quotidiana, mas são em todos os casos ficcionadas, pelo que, qualquer semelhança com a realidade será pura (co)incidência.

Mais não digo.

Philipe Pharo

Mote Poético

SOM ATO

(O Poeta Ferido)

E entretanto o poeta foi silenciado
Seus dedos uns nos outros suturados
Sangrando das falanges inanimado
Os desejos reescritos em segredos.

A musa oculta despindo atrás do biombo
O que apenas do poeta se esconde
Ele grita: "Herege da paixão em assombro!"
Enquanto ela desnuda dita: "Onde?"

E detrás do biombo ela dança e sorri
A contínua valsa dos amantes jocosa
Onde a musa dá apenas imagem de si.

Entremeado o poeta compõe a fleuma
Cada semi-breve da sinfonia silenciosa
Sangrando dos dedos! Sangrando da alma!

Filipe F. 2016 (Doutor Armando do Sal)

Introdução

Sê Bem-Vindo(a) aos Disparates Literários de Filipe Faro da Costa, esta é uma lista de distribuição exclusiva de disparates literários, nesta primeira fase apenas serão aceites os amigos e amigas que indicaram querer fazer parte desta lista, futuramente só será possível integrar esta lista por quem já tenha comprovadamente adquirido uma obra do autor em papel.

O conteúdo apresentado nesta lista de distribuição tem direitos de autor.

Agradeço o teu interesse, bem como a tua compreensão em futuras alterações nesta lista de distribuição literária.

Se leste esta mensagem, agradeço que interajas para confimar.

Um bem haja.

Filipe

I Hate Cold Play

69 Microcontos

no formato diálogo

para escrita criativa

em português

Este Aparelho Deve Ser Instalado Por Pessoas Competentes

FIC 1

Ele: Olá. És muito bonita.

Ela: Obrigada, tu também não és feio de todo.

Ele: Qual é a tua banda favorita?

Ela: Adoro Coldplay!

Ele: Adeus, tenho que ir.

(ficção para um problema de gosto musical)

FIC 2

Ela: Olá, tudo bem contigo?

Ele: Sim está, estou a ver se acabo este Breton.

Ela: Gostas de ler! Nota-se que deves ser uma pessoa culta.

Ele: Tento apenas diminuir a minha ignorância. E tu, gostas de literatura?

Ela: Sim, adoro ler, devoro livros!

Ele: Hmm, interessante. Qual foi o último livro que leste?

Ela: Todos os do Paulo Coelho.

Ele: Ah pois... deixa lá, eu estava a falar de literatura!

(baseado em factos verídicos)

FIC 3

Ela: Bom dia, devo estar atrasada, tens horas?

Ele: Lamento, não uso relógio.

Ela: E não tens um telefone?

Ele: Porquê? Queres o meu número?

Ela: Não, só queria saber as horas, tenho que ir, estou atrasada.

Ele: Espera, o tempo não existe.

Ela: Só se for para ti!

(baseado em factos meramente fictícios)

FIC 4

Ele: Boa tarde, desculpe interromper a leitura, mas vejo que está a ler o Oscar Wilde.

Ele: Sim, O Retrato de Dorian Grey, aborda a sociedade inglesa do Século XIX, faz alguma crítica social.

Ele: É, julgo que é também uma história de amores não correspondidos entre ambos os sexos e ataca o individualismo, bem como a homofobia.

Ele: A transmutação do retrato levanta muitas questões, como por exemplo, até que ponto o retrato não é um elíxir eterno, e se as consequências de uma vida eterna as justificam, no seu acumulado.

Ela: Quero ler esse livro!

(diálogo para um futuro livro de ficção(este))

FIC 5

Ele: Queres vir ver uma peça ao teatro?

Ela: Teatro? Acho que seria agradável, é raro eu ir, mas talvez, não sei.

Ele: É uma peça baseada na história de Medeia, com música do Chico, acho que irias gostar.

Ela: Do Chico, que Chico?

Ele: Do Buarque de Hollanda.

Ela: Ah sim claro, conheço, é brasileiro não é?

Ele: Sim. Virias? É que está quase esgotado e convinha saber.

Ela: Depende, não sei se deva?

Ele: Não estou exatamente a convidar-te para ir para a cama!

Ela: Mal seria, mas eu e o teatro... não é que não goste... mas não é que seja bem a minha área predileta.

Ele: Ok, eu guardo o outro bilhete para o meu casaco.

(baseado em pequenas partes de factos verídicos)

FIC 6

Ela: O teu amigo tem namorada?

Ele: Não.

Ela: A sério, como é possível? Ele é interessante, inteligente, e não é nada feio!

Ela: E simpático!

Ele: Talvez seja por isso que não tenha namorada.

Ela: Oh, só podes estar a brincar! Ele fala com naturalidade e entusiasmo de coisas que ninguém fala, e tem charme.

Ela: Tens razão, é raro encontrar um homem assim, será gay?

Ele: Não, ele é bem hetero, vocês as duas é que estão pouco habituadas a homens que falem à-vontade de coisas menos fúteis.

Ela: Sim, és capaz de ter razão, mas que ele é interessante, é!

Ela: Cala-te! Ele vem aí outra vez.

Ele: Aconteceu alguma coisa? Porque é que está tudo calado?

(baseado em 3 linhas verídicas)

FIC 7

Ele: Desculpa, por acaso não me podes abrigar até ali à frente?

Ela: Sim, sem problema.

Ele: Obrigado por abrigares assim um desconhecido.

Ela: Não é por dar uma boleia de guarda-chuva que há-de vir mal ao mundo.

Ele: Nunca se sabe o que pode acontecer, com quem se dá boleia à chuva.

Ela: Talvez, como se diz, quem anda à chuva molha-se! Não é?

Ele: Verdade, por isso que gosto de andar à chuva.

Ela: Então porque me pediste para te abrigar?

Ele: Para não me molhar sozinho!

(pura ficção)

FIC 8

Ela: Olá posso falar contigo, aqueles rapazes só sabem falar de futebol.

Ele: É natural, ontem foi um jogo entre os grandes.

Ela: Oh, há tantas outras coisas interessantes para falar e só falam daquilo.

Ele: Quando não se tem assunto fala-se sempre do tempo, dos animais de estimação ou de futebol.

Ela: Achas que sim!? Tu és Benfiquista?

Ele: Não, sou Portista!

(pura ficção, pura ficção)

FIC 9

Ele: Então rapaz?

Ele: Lamento, só pude vir agora.

Ele: Vens a tempo, ainda estamos à mesa.

Ela: Olá, prazer em conhecer.

Ele: Boa noite, desculpem só chegar agora para a sobremesa.

Ela: Olá! Não tem mal, prazer em conhecer.

Ele: Boa noite espero que venha a ser, um prazer.

Ele: Bebes vinho?

Ele: É maduro?

Ele: É.

Ele: Sim, obrigado.

Ela: És de cá? Nunca te tinha visto.

Ele: Sou, também não te conhecia.

Ele: Este gajo é que gosta de livros, vocês haviam de se dar bem!

Ela: Ai sim!

Ele: Vê lá, não sejas precipitado, lá porque gosto de livros não quer dizer que eu e ela nos tenhamos que dar bem.

Ela: O que andas a ler?

Ele: Muita coisa, mas estou a acabar um livro do Mia Couto, Venenos de Deus Remédios do Diabo, acho-o fantástico, o Mia Couto escreve como poucos! Há uma personagem do livro que é a D. Munda que a certa altura está a falar com o médico que lhe foi a casa ver o marido, adoentado e em delírio de febre, o Sr. Bartolomeu Sozinho. Ele havia dito ao médico que havia feito sete viagens e conhecido sete mulheres nessas mesmas viagens, depois o médico relatou aquilo a D. Munda e ela virou-se para o médico e disse: "Isso são os delírios dele, não fez viagens nenhumas, não imagina o Sr. Doutor quantas vezes tive que fingir-me de puta para o meu marido sem ele saber."

Ela: Interessante a história, podias ter chegado mais cedo.

(baseado num evento real e quotidiano, as falas são quase todas ficção, o livro do Mia Couto é brutal, passe a citação da história)

FIC 10

Ele: No próximo fim-de-semana não sei se posso vir.

Ela: Porquê? Já não queres estar comigo?

Ele: Claro que sim, mas há um concerto do Ney Mato-grosso no Porto e eu adorava ir.

Ela: Hmm...

Ele: Podes vir lá ter comigo se quiseres, os concertos dele são espetaculares.

Ela: Não posso! Tu preferes ir ver um concerto desse pa-neleiro em vez de vir estar comigo?

Ele: Sim, prefiro!

(inspirado num acontecimento verídico)

FIC 11

Ele: Olá, estás boa?

Ela: Olá... sim estou.

Ele: Estás a gostar desta banda?

Ela: Sim, não são maus. Aquela tua namorada não veio?

Ele: Não, já não namoramos.

Ela: Acredito! Ela é um bocado *psy*, olha para mim de uma maneira!

Ele: Queres vir fumar um charro?

Ela: Queres comer-me?

Ele: Sim, quero!

Ela: Está bem.

(censurado)

FIC 12

Ela: Ei! Ao tempo que não te via.

Ele: Então tudo bem?

Ela: Estás com bom aspeto, bem parecido. Fez-te bem a idade!

Ele: Tu também não envelheceste mal.

Ela: Lembras-te? Tinhas a mania que eras poeta, fiquei sempre à espera que me escrevesses um poema, ser a tua musa platónica.

Ele: E continuas à espera, não é?

(baseado numa ideia verídica)

FIC 13

Ele: (Talvez lhe devesse ligar.)

Ela: (Por que diabo ele não me liga?)

Ele: (Mas ia fazer um papel ridículo de certeza.)

Ela: (Não posso ser eu a ligar, era só o que faltava, ele tem que ser cavalheiro.)

Ele: (Se ela ligasse era mais fácil de a convidar.)

Ela: (Será que ele já arranjou outra?)

Ele: (E se ela arranjou outro?)

Ela: (Que chatice, se ele não me ligar vou ficar sozinha! As minhas amigas vão sair todas com os seus repetivos, e eu, aqui para tia.)

Ele: (Se calhar vou ligar ao outro caraças e ver se ele quer ir jogar um bilhar.)

Ela: (Se calhar não devia ter dado um fora tão grande ao outro totozinho, antes mal acompanhada do que só.)

Ele: (Ela de certeza que tem uma data de totozinhos a convidá-la, eu vou ser só mais um na lista das tampas dela.)

Ela: (Será que ele não percebeu que eu estava interessada desta vez?)

Ele: (De certeza que ela não está interessada, para quê tentar outra vez?)

Ela: (Pelo sim pelo não vou-me vestir, ele vai acabar por ligar.)

Ele: (Melhor não, havia de ser ela a ligar, que se lixe, um bilhar vai-me saber bem e tira-me esta ideia da cabeça.)

Ela: (Se calhar vou pôr uma foto atrevida com o vestido no instagrama e no *fake*, pelo menos tenho uma data de palermas a pôr *like* e toda a gente fica a pensar que vou sair.)

(absoluta ficção do silêncio do pensamento)

FIC 14

Ela: O que foi desta vez?

Ele: Não sei ainda, mas parece que trocaram o veneno de algumas setas.

Ela: Dos cupidos?

Ele: Sim!

Ela: Que disparate! Se calhar foi alguma seta mal apontada.

Ele: Ou isso, ou os arcos dos cupidos estão desafinados. Vou ter que fazer uma limpeza geral na hoploteca!

Ela: Olha, isso cá para mim foi coisa de gaja.

Ele: É isso, só pode! Alguma andou a desafinar os arcos.

Ela: Pois, se alguma daquelas setas acertou numa errada, é capaz de outra ter ficado zangada, algumas setas são transviadas e podem ferir em vez de fazer o efeito desejado. Digo eu!

Ele: Hmm... As setas eram das boas, eu vistoriei em antes, não tinha nenhuma das ofensivas, apenas algumas provocatórias.

Ela: E verificaste bem os alvos? Antes dos cupidos saírem com as setas?

Ele: Pode algum alvo ter sido mal estudado, às vezes acontece.

Ela: É uma explicação razoável. De outra forma as setas costumam ser indolores, não é?

Ele: Sim, normalmente as dores é só a longo prazo, no curto prazo os efeitos são todos de aparvalhamento... Não sei o que se passou!

Ela: Deixa lá, no meio de tantas setas alguma deve ter acertado no sítio certo.

(baseado numa conversa cupídica verídica)

FIC 15

Ele: Olá, desculpa, não pude deixar de reparar em ti, és mesmo bonita.

Ela: E tu és muito atrevido!

Ele: Não tinha intenção de ofender.

Ela: Vai ver se eu estou noutro lado!

Ele: Já fui e não estavas lá.

Ela: Deves ter a mania!

Ele: Essa já a perdi para outro tipo, agora só tenho a fantasia.

(pura ficção)

FIC 16

Ela: És tu aquele que se diz poeta?

Ele: Talvez, pelo menos já o disse algumas vezes.

Ela: E tu vendes livros?

Ele: Não, escrevo-os.

Ela: Então se não os vendes para que os escreves?

Ele: Para ver se alguém os compra.

(meio realidade, meio ficção)

FIC 17

Ele: Olá, desculpa, eu nunca vi nada assim!

Ela: Oh, não sejas exagerado!

Ele: Exagerado porquê? Já viste bem o último livro que o Filipe F. lançou. Aquilo não é um livro, é um atentado à literatura.

Ela: Ah, desculpa, pensei que estavas a falar de mim.

(isto não é um diálogo sexista!)

FIC 18

Ele: Estava a meter-me contigo, sem maldade!

Ela: Por um momento pensei que estavas a gozar comigo!

Ele: Eu queria-te dizer que és mesmo bonita, mas isso tu deves ouvir todos os dias.

Ela: Oh, agora estás mesmo a exagerar. Já me disseram, mas todos os dias é mais difícil!

Ele: Talvez seja possível, que comece a ser... todos os dias!

(extra ficção)

FIC 19

Ele: Desculpa, falaste?

Ela: (Silêncio)

Ele: Desculpe, falou comigo?

Ela: O livro é muito interessante, vai comprá-lo?

Ele: Ainda não sei o valor!

Ela: (Silêncio)

Ele: Mas é sem dúvida muito interessante, a julgar pelo que pude ouvir.

(uma história de hoje)

FIC 20

Ele: Nem imaginas, ontem conheci o Fénéon!

Ela: O Fénéon, não conhecias?

Ele: Não fazia a mínima idéia, e eu que até simpatizo com anarquistas.

Ela: Ele publicava notícias curtas, autênticas histórias de literatura.

Ele: Sim, fantástico, notícias em 3 linhas.

(uma história de amanhã)

FIC 21

Ela: Acho que aquele tipo tem a mania que é alguma coisa!

Ele: Ele parece um bocado afetado!

Ela: É, não é? No entanto parece ser feliz, dizem que ele lê livros!

(uma história baseada no conceito de Fénéon)

FIC 22

Ela: Sabes, acho que não sou a mulher para ti!

Ele: Mas eu amo-te! Como poderei viver sem ti?

Ela: Como viveste até agora?

(da ficção para a realidade)

FIC 23

Ela: E então, tens vendido muitos livros?

Ele: Alguns, do último é que só vendi um, mas foi para Londres!

Ela: Muito bem, és quase um *bestseller*!

(uma linha de ficção)

FIC 24

Ela: Desculpe incomodar, eu não o queria incomodar, mas não o queria mesmo incomodar! Por favor entenda, que não o queria incomodar.

Ele: Diga minha senhora!

Ela: O senhor pode-me arranjar 20 cêntimos, por favor?

Ele: Fique com 1 euro minha senhora!

(uma história verídica de ontem)

FIC 25

Ela: Devíamos falar?

Ele: Para quê?

Ela: Para te dizer que fui uma idiota e que te quero de volta.

Ele: O amor é algo sem volta!

(uma ficção de anteontem para depois de amanhã)

FIC 26

Ela: Se eu quiser, vou para a tua beira!

Ele: Sim, mas já é tarde, faz-se madrugada!

Ela: Está bem, mas eu ainda não quero ir para a tua beira!

Ele: Vamos perder a oportunidade de saber o que há entre nós, e eu apenas lamento.

Ela: Eu sei, mas ainda não quero ir para a tua beira!

(da realidade para a ficção)

FIC 27

Ele: Namoras?

Ela: Não. E tu?

Ele: Queres namorar?

Ela: Não. E tu?

Ele: Também não.

(ficções quotidianas)

FIC 28

Ele: Não percebo o que se passa com a equipa. Parece que está à espera de milagres.

Ela: Mas já estás a falar de futebol?

Ele: Nada disso, estou a falar de religião, nunca me dei bem com cónegos!

(uma pequena ficção sobre o presidente do clube)

FIC 29

Ele: Não sei o que faça! Comprei um livro para oferecer a uma rapariga em quem estou interessado.

Ele: É capaz de ser uma forma agradável de te aproximares.

Ele: Pois talvez, mas se depois de lhe oferecer o livro ela não quiser ficar comigo? Nunca mais o leio!

(vaga ficção)

FIC 30

Ela: O teu namorado não veio?

Ela: Foi para fora, disse que queria ir refrescar as ideias.

Ela: Então isso quer dizer que vamos ter festa hoje?

(uma velha ficção)

FIC 31

Ele: Deve ser a mulher mais bonita que eu já vi!

Ela: Sabe quantas vezes já me disseram isso?

Ele: Nem quero saber, foi a primeira vez que eu o disse.

Ela: Mas acha que vai conseguir alguma coisa comigo?

Ele: E eu estava a falar consigo? Já olhou bem para ela!?

(ficção truncada)

FIC 32

Ela: Que fazes? Onde estás?

Ele: Estou a trabalhar no escritório.

Ela: E estás com quem?

Ele: Estou comigo.

Ela: Eu ouvi aí uma voz de mulher!

Ele: Estou sozinho já te disse, a trabalhar.

Ela: Mas não estavas!

Ele: Por acaso até já esteve aqui um cliente, mas já saiu.

Ela: Um cliente, ou uma cliente?

Ele: Que importa o género, estou a trabalhar!

Ela: Importa porque se for uma mulher pode acontecer alguma coisa!

Ele: Se for um homem também pode. Agora deixas-me trabalhar?

Ela: Desconfio que estejas com alguém quando estás a trabalhar!

Ele: Então anda trabalhar comigo, em vez de ficares a desconfiar.

(uma ficção do ciúme)

FIC 33

Ele: Conheces o L. Cohen?

Ela: Não, quem é?

Ele: É um poeta e cantor Canadiano, já escreveu de quase tudo sobre o amor, mas não só, também da projeção do indivíduo sobre a sociedade, é pelo menos a minha interpretação resumida. Cohen tem que se ouvir para chegar lá.

Ela: Podes pôr a tocar alguma!

Ele: Sim, esta chama-se "Bird on the Wire".

(ficção para uns alicerces de betão)

FIC 34

Ele: Campo.

Ela: Cidade.

(uma ficção demasiado longa)

FIC 35

Ele: Não sei se é boa ideia.

Ela: Qual é a tua dúvida?

Ele: Se calhar vamos acabar por nos magoarmos.

Ela: Pára com as asneiras, eu sou perfeita! Perfeita para ti, meu querido!

Ele: E eu posso dizer alguma coisa para contrariar?

Ela: Não! Então está decidido, hoje não dormes no sofá!

(ficção para uma mulher decidida)

FIC 36

Ele: Chomsky!

Ela: Voltaire!

(uma ficção para uma conversa alargada)

FIC 37

Ela: Por vezes parece que as mulheres se ofendem com pouco, mas se calhar é porque são sensíveis.

Ele: E um pouco suscetíveis também!

Ela: Não deixas de ter razão, mas é essa a magia das mulheres, ou agarras a sua essência ou ela escapa-te.

(ficção para uma conversa com uma velha amiga)

FIC 38

Ele: Eu nunca te cheguei a dizer...

Ela: O quê?

Ele: Que estava completamente apaixonado por ti.

Ela: Não inventes! Só me querias levar para a cama.

Ele: Enganas-te! A sério, eu gostava mesmo de ti, mas não tive a coragem para te o dizer.

Ela: Eu até gostava de ti, mas agora é tarde, tenho uma relação com outra pessoa.

(ficção para uma oportunidade perdida)

FIC 39

Ele: E tu acreditas no amor?

Ela: Acredito que ele um dia acaba.

Ele: Mas o amor não se desenha para ser eterno?

Ela: O amor constrói-se, e como tudo que se constrói na vida, um dia vem abaixo. Só é eterno o amor que morre antes de ruir.

(ficção para o amor eterno)

FIC 40

Ela: É bonita esta paisagem! Já viste quantas terras conseguimos ver daqui?

Ele: Sim, realmente bela, a paisagem condiz contigo.

Ela: Oh, não comeces, sabes que somos só amigos.

Ele: Isso não impede de te elogiar, e se somos só amigos é porque tu assim queres.

Ela: Já sabes que é assim que eu quero.

Ele: Mas entendes que eu me sinto atraído por ti?

Ela: Bem, assim não podemos continuar a dar estes passeios pela montanha!

Ele: Aproveitemos o de hoje então, já que será o último.

Ela: Sabes que adoro a Natureza? Espera, vou abraçar esta árvore.

Ele: Sim sei, é isso que me encanta em ti. Quem dera ser árvore.

Ela: Olha, sabes que planta é esta?

Ele: Não, mas tu vais dizer-me.

Ela: É Urze Ibérica, adoro, vou levar! É altamente resistente e dá a cor lilás de muitas montanhas.

Ele: Quanta botânica vou deixar de aprender contigo.

(ficção de um passeio pela montanha)

FIC 41

Ele: Sei que posso ser um pouco inconveniente, mas não pude deixar de reparar nas tuas mãos.

Ela: As minhas mãos!? O que têm as minhas mãos?

Ele: São bonitas naturalmente, sem carecerem de pinturas, e têm luas grandes.

Ela: Habitualmente pinto as unhas, hoje é excepção. Que têm as luas grandes?

Ele: Então tive sorte hoje, de ver as tuas mãos despidas. Há quem diga que luas grandes nas unhas são sinal de bom ser.

Ela: E tu acreditas nessas coisas?

Ele: Nem por isso, mas as tuas mãos são mesmo bonitas, gostava de as ver mais vezes.

(ficção para umas mãos bonitas sem as unhas pintadas com leitura de fortuna pela Kim Novak em "Kiss Me, Stupid!" de Billy Wilder)

FIC 42

Ela: Olá, tu és giro! Estás no Instagrama?

Ele: Não, estou aqui.

(uma ficção para mais que uma rede social)

FIC 43

Ela: Mas tu és louco!?

Ele: Qual deles de mim?

(ficção para uma esquizofrenia literária)

FIC 44

Ele: Desculpa, tens um cigarro?

Ela: Sim, tenho, mas era mesmo isso que tu querias?

Ele: Na verdade queria era falar contigo.

Ela: Se calhar aqui não é o melhor sítio.

Ele: Talvez, mas foi a melhor oportunidade que arranjei.

Ela: Tens uma caneta?

Ele: Sim.

Ela: Amanhã, quando tiveres outra oportunidade, liga-me.

(uma história verídica ficcionada)

FIC 45

Ele: Queres vir a uma exposição de pintura amanhã?

Ela: Assim do nada?

Ele: Tudo começa sensivelmente do nada!

Ela: E porque me escolheste a mim para convidar?

Ele: Porque era a ti que eu queria levar à exposição.

Ela: Ai sim! E quantas já te disseram não?

Ele: Todas as outras mulheres!

(ficção para uma exposição de pintura)

FIC 46

Ela: Tu és demasiado exigente!

Ele: Porque dizes isso?

Ela: Porque procuras uma mulher que seja um reflexo de ti, e não ela própria!

Ele: Não! O que procuro é uma mulher que não seja o reflexo das outras que já conheci!

(uma ficção para uma utopia)

FIC 47

Ela: Sabes qual é a minha cor preferida?

(monólogo para uma ficção solitária)

FIC 48

Ela: Desculpa, em que Internacional é que tu foste expulso?

Ele: Ainda não fui expulso, mas deve estar quase.

(ficção para um proto-anarquista)

FIC 49

Ele: (Censurado)

Ela: (Censurada)

(ficção para a Censura)

FIC 50

Ele: Boa tarde, que olhos bonitos!

Ela: Obrigada!

Ele: Por acaso gostas de Coldplay?

Ela: Não, são insuportáveis.

Ele: A sério? E de Margarida Rebelo Pinto, ou até mesmo do José Rodrigues dos Santos?

Ela: Só leio literatura e comunicação social séria.

Ele: Bolas, gostava mesmo de te conhecer melhor.

Ela: Isso é um elogio, obrigada!

Ele: Estou espantado contigo. Posso-te oferecer o jantar?

Ela: Podes. Amanhã? É que hoje tenho reunião do partido.

Ele: Do partido? Que partido?

Ela: Do Partido Social-Democrata!

Ele: Foda-se!

(uma ficção de direita)

FIC 51

Ele: E tu que achas da social-democracia?

Ela: Nada.

Ele: Nada? Não tens uma opinião política?

Ela: Tenho, mas não acho nada na social-democracia.

(uma ficção anarquista)

FIC 52

Ele: Já te queria dizer isto há uns tempos.

Ela: O quê?

Ele: Bem, sabes... é que eu... enfim!

Ela: Enfim, o quê? És um extraterrestre?

Ele: Não é isso, de todo! Simplesmente eu... bem, não sei como te dizer.

Ela: Fala homem!

Ele: Olha, esqueci-me!

Ela: Sentes alguma coisa por mim? É isso?

Ele: Não, achas? Nem pensar nisso! É só porque... diria que...sei lá.

Ela: Está visto que nem a saca-rolhas! Vou-me embora que a conversa não me está a agradar.

Ele: Não vás, espera!

Ela: Esperar! Mais?

Ele: É que te acho mesmo bonita, apesar de gostares de Coldplay e de leres Paulo Coelho, pelo menos não lês José Rodrigues dos Santos!

(uma ficção da timidez alheia)

FIC 53

Ela: É verdade que és comunista?

Ele: Não! Quem te disse isso?

Ela: Aquele além.

Ele: Maldito bufo!

(ficção de um comunista na clandestinidade)

FIC 54

Ele: Desculpe, a que horas é o comboio?

Ela: Se era o do amor, já passou!

Ele: Não, eu vinha para apanhar o comboio da vida.

Ela: Ah, então vamos no mesmo. É este que está agora a chegar.

(uma ficção de estação de vários caminhos)

FIC 55

Ele: O senhor deve ser um artista!

Ele: Sim, mas registado como tal nas Finanças, Artigo 9°.

Ele: E que é que este artista faz?

Ele: Escreve, Sr. Professor, escreve!

Ele: E vende?

Ele: Não lhe disse já que estava registado como artista nas Finanças?

(uma ficção autêntica)

FIC 56

Ele: Então? Está tudo bem?

Ele: Sempre andando.

Ele: Então? Já te tentaste matar?

Ele: Hoje!? Não!

(a ficção do falso suicida)

FIC 57

Ela: Então dizes tu que ele é Poeta!?

Ela: Sim, é, mãe, e até escreve razoavelmente bem.

Ela: E esse rapaz, já ganhou algum prémio? Vende livros?

Ela: Não ganhou nenhum prémio, mas também ainda não se candidatou a nenhum, no entanto já vendeu alguns livros.

Ela: Já vendeu? Quantos?

Ela: Sabes como são os poetas, mãe, sempre um pouco enganadores, mas ele diz que já vendeu mais de cem!

Ela: E tu, sabendo como são os poetas, deixas-te levar pela lábia dele.

Ela: Ele diz-me coisas bonitas que me dão vontade de estar com ele.

Ela: A poesia não põe comida na mesa minha filha!

Ela: Eu alimento-me de poesia!

Ela: Estás louca! Só me falta ouvir-te dizer que ele é comunista!

Ela: Mãe!

(2ª versão ficção da sogra impossível inspirada no "Carteiro de Pablo Neruda")

(A 1ª versão ou foi denunciada por alguém de gosto duvidoso, bem como detentor de um egocentrismo atroz)

FIC 58

Ela: Então dizes tu que ele é Poeta!?

Ela: É, mãe, e até escreve razoavelmente bem.

Ela: E esse rapaz, já ganhou algum prémio? Vende livros?

Ela: Não ganhou nenhum prémio, mas também ainda não se candidatou a nenhum, no entanto já vendeu alguns livros.

Ela: Já vendeu? Quantos?

Ela: Sabes como são os poetas, mãe, sempre um pouco enganadores, mas ele diz que já vendeu mais de cem!

Ela: E tu, sabendo como são os poetas, deixas-te levar pela lábia dele!

Ela: Ele diz-me coisas bonitas, usa palavras artificiosas que me dão vontade de estar com ele.

Ela: A poesia não põe comida na mesa minha filha!

Ela: Ele alimenta-me com poesia!

Ela: Estás louca! Só me falta ouvir-te dizer que ele é comunista!

Ela: Mãe! Estou grávida, e sim, ele é comunista!

(3ª versão ficção da sogra impossível inspirada no "Carteiro de Pablo Neruda")

(A 1ª versão ou foi denunciada por alguém de gosto duvidoso, bem como detentor de um egocentrismo atroz)

FIC 59

Ele: Bernard Shaw!

Ela: Proudon!

(ficção para um amor anarquista)

FIC 60

Ela: Já pensaste em arranjar um homem em vez de uma mulher?

Ele: Já, por várias vezes. Mas não faz o meu género.

(ficção para a hermofobia)

FIC 61

Ele: E sim, admito ser pró-anarquista, pese a imensa bebedeira que tenho. Em termos teóricos, marxistas, posso explicar mais tarde. Não é hora de perturbar os vossos cérebros magníficos, mas esta noite deu-me uma história para contar.

(that's what happens when you're reading Bukowski)

FIC 62

Ele: Mas acreditem, que mesmo nesta imensa borra-
cheira, além de ser capaz de escrever melhor que muita
gente (até mesmo dizer maiores disparates que alguns e
cometer "poucos erros" de framática e sintaze (e outras
coisas semelhantes)), estou lúcido (merda!), estarei
mesmo?

(that's what happens when you're still reading Bukowski)

FIC 63

Ela: Tu estavas a dançar com aquelas gajas! Eu vi-te!

Ele: Sim, estava! E o que é que isso importa?

Ela: Vou-me embora!

Ele: Só agora!

(that's what happens after reading Bukowski)

FIC 64

Ele: Mas sempre queres aparecer?

Ela: Sim, mas agora não me dá jeito, tenho que mudar a água ao cágado.

Ele: Está bem, amanhã não dará, tenho que mudar a água do meu.

(ficção para o que nunca acontecerá)

FIC 65

Ele: Queres vir beber um Gin Tónico?

Ela: Com este calor ia saber bem. Onde?

Ele: Do outro lado da ponte.

Ela: E isso é longe? Temos de ir de carro?

Ele: É perto, tens carta de condução?

Ela: Tenho, mas estou sem carro!

Ele: É só para o caso de ser preciso trazê-lo.

Ela: E não é só para um Gin Tónico?

Ele: Nunca se sabe, podem ser dois.

Ela: Melhor outro dia, hoje só tenho tempo para um.

(ficção para uma ponte errada)

FIC 66

Ela: Então! O que o traz aqui?

Ele: Senhora Doutora, estou muito preocupado!

Ela: Diga lá homem, porquê?

Ele: É que hoje mandei uma caga e tinha uma cor estranha!

Ela: Tinha sangue nas fezes?

Ele: Não, Senhora Doutora... tinha colégios privados!

(ficção para uma diarreia mental)

FIC 67

Ele: Olá!

Ela: Olá!

Ele: Que bonito sorriso, onde o arranjou!

Ela: No dentista!

Ele: Fez um bonito trabalho, fica sempre assim?

Ela: Não!

Ele: Então porque é que agora parece estar colado?

(ficção para um anúncio publicitário)

FIC 68

Ele: Olá.

Ela: Olá.

Ele: (Silêncio)

Ela: (Que tipo idiota, até parecia que ia dizer alguma coisa.)

(ficção para um sábado à noite)

FIC 69

Ele: Boa noite.

Ela: Boa noite.

Ele: Correu bem o teu dia?

Ela: Nem por isso, fartei-me de trabalhar e estou cansada.

Ele: Tens fome?

Ela: Sim, apetecia-me aquele teu prato delicioso.

Ele: Então senta-te à mesa que eu já te o sirvo.

(uma ficção para o futuro fracasso)

Segunda Série: Pré-Instalação

Este Aparelho Deve Ser Instalado Por Pessoas Competentes

FIC 70

Ele: Um Martini se fizer favor!

Ele: Com ou sem gelo?

Ele: Duplo!

(ficção para o dia 27 de maio de 2016)

FIC 71

Ele: Sei que já é tarde, mas se quiseres ainda podemos ir a casa.

Ela: É demasiado tarde, amanhã tenho que ir trabalhar.

Ele: Não te impeço de ir trabalhar.

Ela: Mas eu preciso de tomar banho antes de ir.

Ele: Eu tenho banheira e poliban em casa.

Ela: Pois, mas eu tenho que ver que roupa levo de manhã.

Ele: Podes escolher agora e trazes já vestida.

Ela: Não é assim que eu costumo fazer.

Ele: Desculpa, não sabia que o costumavas fazer.

Ela: Que queres dizer com isso?

Ele: Que me enganei na pessoa.

(ficção para uma mulher igual às outras)

FIC 72

Ele: Então, como te tens dado com a tua ex-mulher?

Ele: Nos últimos tempos, bem!

Ele: Até que enfim ultrapassaram as vossas diferenças.

Ele: É, desde que ela desapareceu tem sido muito mais fácil.

(ficção para uma ex-mulher perfeita)

FIC 73

Ele: Acho que é melhor ficarmos por aqui.

Ela: O que queres dizer com isso?

Ele: Parece-me que esta relação não vai funcionar.

Ela: Claro, tinha que ser, os homens são todos iguais.

Ele: Não me julgues igual aos outros, aliás não admito que seja quem for me diga que sou igual aos outros.

Ela: Mas é isso que tu és!

Ele: Posso ser melhor ou pior, igual não sou.

Ela: Como queiras, a verdade é que te queres ir embora.

Ele: Também não estás a fazer muito para eu ficar!

Ela: Eu não obrigo ninguém a nada, mas estou certa de que te vais arrepender.

Ele: Depois passa, como de outras vezes.

Ela: Tens a certeza que passa? Aposto contigo que ficaste tão apaixonado por mim que nem vais saber o caminho de volta.

Ele: Enganas-te, eu tenho um excelente sentido de orientação!

Ela: Veremos! Boa viagem!

Primeiro Manual

Ele: (Silêncio)

Ela: (Silêncio)

Ele: [Desculpa, fiquei um pouco atarantado com isto tudo, podes-me dizer qual é a estrada, já tentei duas saídas e enganei-me ambas as vezes.]

(ficção para o fim de uma relação amorosa)

FIC 74

Ele: Então? Como têm progredido as coisas com aquela rapariga em quem estavas interessado?

Ele: Têm evoluído. Fomos tomar um café juntos, depois fomos ao cinema, já saímos umas noites juntos, na semana passada apresentou-me aos pais.

Ele: E ela é Portista?

Ele: Não!

Ele: Então esquece!

(ficção para um portista ferrenho)

FIC 75

Ela: Sabes, eu gosto de estar contigo, mas não me quero comprometer.

Ele: Temos tempo, vamos andando e vamos vendo.

Ela: Sim talvez, mas eu ainda não sei o que quero.

Ele: E eu já te disse o que eu queria?

Ela: Mas eu não me quero comprometer!

Ele: Mas então para que insistes na questão?

Ela: Porque não me quero comprometer.

Ele: Está bem, eu já percebi. Podemos voltar ao que estávamos a fazer?

(uma ficção para o compromisso)

FIC 76

Ele: (Se me desses uma oportunidade, uma só, eu atirava-me de cabeça, que linda que tu és! Que perigo! É que não me lembro de ver uma mulher tão atraente na minha vida, tu és perfeita! E essa tua voz é uma loucura, tu és um hino às mulheres, bonita, despistada e no entanto inteligente, mulher! Se ao menos tivesse tomates para te convidar para jantar! Que será que tu lês? Será que só ouves música de merda? E cinema, gostas de cinema ou de filmes? Será que gostas de comida italiana? Aposto que gostas de comida indiana, picante, mas não demasiado. E vinho? Se calhar ainda não gostas de vinho, mas isso não tem mal, eu en-sino-te a gostar com boas escolhas. Só espero que não gostes de Coldplay. Tenho que fazer alguma coisa, és de-masiado bonita e interessante para me passar ao lado. Vou-te convidar para jantar, é isso, estou decidido!)

Ela: Disseste alguma coisa?

Ele: Não!

(uma ficção para a inutilidade)

FIC 77

Ele: Olá. Boa noite!

Ela: Olá. Tudo bem?

Ele: Não tinhas um vestido mais bonito para vestir!

Ela: Hoje gostei deste, mas não é realmente dos mais bonitos.

Ele: É até bastante feioso!

Ela: És sempre assim tão franco?

Ele: Habitualmente. Desculpa da franqueza, já fala o álcool, mas incomodou-me ver uma mulher tão bonita como tu com um vestido tão feio.

Ela: Convenceste-me! Acho que não o volto a vestir.

Ele: Fazes bem em meu entender. De resto, prova que a uma mulher bonita nem todo o trapo fica bem.

Ela: Isso da mulher bonita, também é o álcool a falar?

(uma ficção para um desastre, ou não)

FIC 78

Ele: Perdão, mas era impossível não reparar em ti!

Ela: Ai sim!

Ele: De verdade, o que faz uma mulher tão bonita sozinha neste bar a ler um livro.

Ela: Faz leitura!

Ele: Importas-te que me sente?

Ela: Estás à vontade, apesar de me interromperes a leitura.

Ele: Talvez se justifique a interrupção. Posso oferecer-te alguma coisa de beber?

Ela: Poesia! Tens?

(uma ficção para uma mulher extraordinária)

FIC 79

Ela: Olá, gostava de te conhecer.

Ele: Ias ter uma desilusão.

Ela: Porque dizes isso? Não gostas de ti mesmo?

Ele: Tem dias.

Ela: Tens um espelho em casa?

Ele: Sim, naturalmente.

Ela: Então limpa-o!

(ficção para um amor à primeira-vista)

FIC 80

Ela: Eu vou-te amar para sempre!

Ele: Não vais nada, tu queres conhecer outros homens.

Ela: Não quero mais ninguém, só a ti, tenho a certeza que vamos ficar juntos para sempre.

Ele: Está bem, vou fazer de conta que acredito.

(uma ficção para a pragmática)

FIC 81

Ela: E então a tua namorada deixou-te?

Ele: Sim, finalmente!

Ela: Finalmente!? Então porque não a deixaste tu primeiro?

Ele: Ela era insuportável, mas não a queria magoar.

(uma ficção para um idiota)

FIC 82

Ele: (Que bonita és.)

Ela: (Há alguma coisa em ti que me intriga.)

Ele: (Que bonita és.)

Ela: (Casado não és!)

Ele: (Podias parar de me seduzir com esse olhar de Tigresa!)

Ela: (Olhas e depois desvias o olhar, tu queres-me!)

Ele: (És mesmo bonita.)

Ela: (Se não tiveres coragem, outro terá, já te dei sinal.)

Ele: (És mesmo sedutora, se ao menos me desses um sinal concreto.)

Ela: (Tu és interessante, mas deves ser um patife com as mulheres.)

Ele: (Nossa, tu deves ter quinhentos tipos interessados em ti, no mínimo, fora os que já desistiram.)

Ela: (Pareces maduro, mas não dás um olhar em frente.)

Ele: (Tu já tens essa feminilidade toda sabida, podias parar de me seduzir.)

Ela: (Vou-te pôr doido de curiosidade e depois dou-te uma tampa.)

Ele: (Já estou a ver, eu aqui a aguar para depois me dares um fora.)

Ela: (Ages com cuidado, receias-me, prefiro homens mais seguros.)

Ele: (Porra, pára de olhar para mim com esses olhos felinos! Não aguento mais!)

Ela: (És um fraco, dava-te uma chance, mas não a mereces.)

Ele: (Ufa! Até que enfim, quase que me apaixonava.)

(uma ficção para um olhar de uma mulher sedutora)

Este Aparelho Deve Ser Instalado Por Pessoas Competentes

Terceira Série: Resolução de Problemas

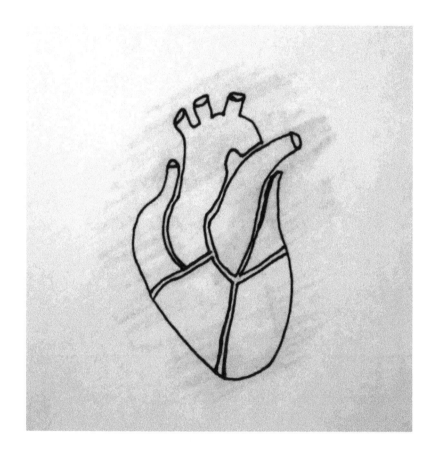

Este Aparelho Deve Ser Instalado Por Pessoas Competentes

FIC 83

Ela: (Onde+estás)? =

Ele: (Onde+precisares+de+mim). =

Ela: (Mas+eu+não+preciso+de+ti)! =

Ele: (Onde+precisares+de+mim).

(equação para a disponibilidade)

FIC 84

Ele: Continuas só?

Ela: Sim, apesar d'uns *flirts* de vez em quando.

Ele: E porque não te juntas a um homem? Ou a alguém que te dê carinho e goste de ti.

Ela: Porque estou bem assim, não preciso que ninguém goste de mim de forma exclusiva.

(ficção para uma mulher solitária)

FIC 85

Ele: Qual é o teu *Quid Pro Quo*?

Ela: O meu quê?

Ele: O que me dás em troca?

Ela: Não tenho nada para te dar em troca, tens que semear e depois talvez possas colher! *Mazolha* que não vais lá com uma língua morta!

(ficção para uma mulher madura)

FIC 86

Ela: A questão é que tu não tens classe.

Ele: Fico contente por me considerares um fiel Marxista.

(para uma ficção sem classes)

FIC 87

Ele: Um Homem nunca deixa de amar as mulheres por quem se tenha verdadeiramente apaixonado, nem que isso signifique manter a distância.

Ela: Achas que sim?

Ele: Não tenho dúvidas, basta-me olhar para ti.

(para uma ficção de um falso romântico)

FIC 88

Ela: Ah! E tu dizes-te escritor, tradutor e editor!

Ele: Mas se é o que sou, a mim o que importa é que gosto de ti e te quero.

Ela: Isso não chega, falta-te o *income*.

Ele: Falta-me o quê!?

Ela: O *income* querido, o pilim!

Ele: Desculpa!? Como tens a coragem de dizer isso?

Ela: Tendo!

Ele: Posso não ter o *income*, mas tenho um bom *outcome*!

Ela: Sim, pois. Deixa-me que a carruagem já está a andar!

(para uma ficção sem *income*)

FIC 89

Ele: Nome?

Ele: Philipe.

Ele: Idade?

Ele: Nascido em 1980.

Ele: Profissão?

Ele: Pai.

Ele: Diga-me a profissão, mesmo!

Ele: Poeta.

(para uma ficção de uma detenção policial)

FIC 90

Ela: Tens *Fakebook?*

Ele: Não.

(ficção para um destes dias)

FIC 91

Ele: Tens *Fakebook*?

Ela: Não.

(ficção para o impossível)

FIC 92

Ela: Nós vamos ficar juntos para sempre, pa-ra sempre! E vamos casar e ser felizes.

Ele: Casar? Tu estás louca!?

Ela: E vamos ter três filhos!

Ele: Ouve, nós não nos vamos casar. Eu quero conhecer outras mulheres e tu outros homens. Fazer um juramento hipócrita sobre fidelidade, não tem qualquer sentido.

Ela: Mas eu quero ficar contigo para sempre!

Ele: Para sempre é um camião de tralhas, antes de casar ou ter filhos são precisos oito anos de alicerces para se poder construír uma relação, ou o dito cujo, amor.

Ela: Mas eu amo-te!

Ele: Não digas asneiras, isso é lá coisa que se diga a alguém?

Ela: É o que eu sinto por ti!

Ele: Deixa de ser parva, já imaginaste a trabalheira do divórcio depois.

(ficção para a rejeição a uma proposta de casamento de uma burguesa)

FIC 93

Ele: Na verdade, estou apaixonado por ti, sei que isso nunca deveria acontecer, mas não pude evitar.

Ela: Tu estás bem?

Ele: Sim, agora estou melhor, já desabafei.

Ela: Mas tu estás a falar a sério?

Ele: Completamente, apeteces-me desde o primeiro momento em que te vi.

Ela: Isso é tanga, não existe o amor à primeira vista!

Ele: Verdade, de resto o amor não existe, o que sinto é apenas a ânsia da paixão, o que nos move entre as pessoas. Entendo que se não for à primeira vista, jamais acontece.

Ela: E como guardas isso sem eu saber?

Ele: Com muito cuidado!

(ficção para a timidez)

FIC 94

Ela: E tu sabes o que é o amor?

Ele: Sei, é uma pantominice!

(ficção para a realidade)

FIC 95

Ele: *Aie wanto si thi sunrize leid wisse yui*!

Ela: Já viste!? Ele diz que quer ver o nascer do sol deitado comigo!

Ela: Pelo menos disse-te alguma coisa! Diz-lhe que sim!

(ficção para o atrevimento numa língua estrangeira)

FIC 96

Ela: As crianças é que são inteligentes, os grandes são todos totós!

Ele: Tens razão, amor!

(não é ficção)

FIC 97

Ela: Os homens são todos iguais!

Ele: Em compensação as mulheres não. Há dois tipos.

Ela: Ai sim!? Quais?

Ele: Tu... e as outras.

(ficção para um homem apaixonado)

FIC 98

Ela: Olá.

Ele: Olá.

Ela: ...

Ele: ...

(ficção para muita coisa)

FIC 99

Ele: Gosto de ti, és uma mulher inteligente.

Ela: Dizes isso, mas foste tu quem esteve a falar o tempo todo.

Ele: Sim, mas dá para perceber, há uma regra que é quase infalível, não bocejas.

Ela: E isso faz de mim inteligente?

Ele: Não, mas faz de ti interessante. Inteligente é a maioria das mulheres. Com honrosas exceções, claro.

Ela: Tais como?

Ele: A Hillary Clinton.

Ela: Ahah! Tu tiveste foi sorte com a hora do dia.

(ficção para a sinceridade)

FIC 100

Eu errera

Tu erreras

Ele errera

Nós erréramos

Vós erréreis

Eles erreram

(ficção para o contributo linguístico de Hector Herrará)

FIC 101

Ele: Boa tarde.

Ela: Boa tarde. O que é que vai ser?

Ele: Queria duzentos gramas de queijo, por favor!

Ela: Duzentas gramas?

Ele: Não, duzentos, não é erva que pretendo, é queijo.

(para uma realidade em qualquer supermercado)

INFORMAÇÃO ÚTIL PARA FALAR MELHOR PORTUGUÊS:

Quando forem à charcutaria (há sítios onde é aí que se compra o queijo), comprar queijo ou fiambre, é "duzentos gramas", e não "duzentas gramas". A palavra "grama" tem o mesmo género que "quilograma", ou seja, "um quilograma" e "um grama". A palavra feminina "grama" é o substantivo da espécie de erva rasteira, essa sim "a grama que pisamos" (outro verbo poderia servir bem aqui).

FIC 102

Ele: Um whisky, por favor.

Ela: Com ou sem gelo?

Ele: Duplo!

(ficção para o desgosto amoroso)

FIC 103

Ela: Pai! Que mulher gira é esta no jornal!?

Ele: É filha, gira, não é? É a PJ Harvey.

Ela: Pai, esta é que era uma boa namorada para ti!

Ele: Obrigado, filha.

(ficção para uma filha com bom gosto e elogiosa)

FIC 104

Ele: E qual é a tua cor preferida?

Ela: Depende dos dias e do contraste do *bâton*!

Ele: Algum motivo especial para o *rouge* maçã de hoje?

Ela: Sim, hoje apetece-me dançar.

Ele: Comigo?

Ela: Ainda vou ver o melhor contraste.

(ficção para a cor preferida de uma mulher)

FIC 105

Ela: Aquela não é a tua ex?

Ele: Não, aquilo é o maior erro da minha vida.

(ficção plagiada da oralidade comum)

FIC 106

Ela: Gosto de ti, tu és diferente dos outros.

Ele: Diferente? Como assim?

Ela: Não estás sempre a tentar comer-me.

Ele: Tens a certeza?

Ela: Sim, outro qualquer já se estava a atirar para cima de mim.

Ele: Se tu o dizes. Serei diferente, mas não sou *gay*.

Ela: Eu sei.

(ficção para uma mulher a tentar usar um homem)

FIC 107

Ele: Apeteces-me!

Ela: Temos pena!

Ele: Quero dizer que me interessas.

Ela: Temos pena!

Ele: Excitas-me intelectualmente.

Ela: Temos pena!

Ele: Então vou-me embora.

Ela: Assim? Sem dizer mais nada?

(ficção para o falso desdém)

FIC 108

Ela: E para que queres uma namorada? As namoradas vão sempre embora e depois ficas triste.

Ele: Tens razão, amor!

(para uma realidade de um pai solteiro)

Quarta Série: Incompatibilidades

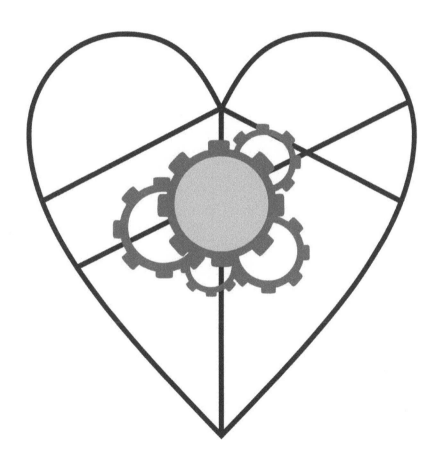

Este Aparelho Deve Ser Instalado Por Pessoas Competentes

FIC 109

Ela: Estás diferente.

Ele: Pois estou, a vida molda-nos.

(ficção para daqui a uns dias)

FIC 110

Ela: Tem cuidado, não me beijes!

Ele: Porquê?

Ela: Porque meus lábios grossos e carnudos são veneno para quem os toca.

Ele: E qual o efeito desse veneno?

Ela: Quem me os beija... apaixona-se eternamente!

Ele: Deixa-me então que te os beije.

(ficção para o Otimismo)

FIC 111

Ela: Estou a ficar uma conas!

Ela: Porque dizes isso?

Ela: Porque vi agora um gajo giro, mesmo giro.

Ela: E qual foi o problema?

Ela: É que enconei, não reagi, e ele era mesmo giro.

Ela: É porque estás a pensar no teu rapaz e gostas dele.

Ela: Rapaz, rapaz! O que andas a fazer!?

Ela: Pois, também não sabes o que ele anda a fazer.

Ela: Exato, estou mesmo a ficar uma conas.

(ficção para a confiança incógnita numa sessão de unhas de gel)

FIC 112

Ele: Sabes quantos livros já vendi hoje?

Ela: Ne-Nhum!

Ele: Exatamente.

(ficção para uma futura esposa inteligente)

FIC 113

Ele: Um dia perco a cabeça contigo!

Ela: Ainda te falta muito?

(ficção para o clímax)

FIC 114

Ela: Tu tens que ultrapassar isso, eu não te quero mais!

Ele: Menina, está descansada, eu não te quero nem para tapete de limpar os pés!

(ficção para a percepção da realidade)

FIC 115

Ela: Aquela tua amiga era muito bonita!

Ele: Era mesmo, não era?

Ela: Sim, mesmo gira. Ela tem namorado?

Ele: Acho que sim, mas não sei.

Ela: Era mesmo gira, podia namorar contigo.

Ele: Pois, mas se calhar é preferível continuar a ser minha amiga.

Ela: Devias mesmo perguntar-lhe se quer ser tua namorada.

Ele: Está bem, vou pensar nisso.

(ideias menores para uma potencial madrasta)

FIC 116

Ela: Onde estás?

Ele: Longe!

Ela: E quando voltas?

Ele: Nunca!

(ficção para a maturidade masculina)

FIC 117

Ele: E que vieste aqui fazer?

Ela: Tinha saudades?

Ele: Saudades! De quê?

Ela: De ti.

Ele: Ok, e já mataste as saudades?

Ela: Estás ocupado?

Ele: Estou.

(ficção para uma conversa privada de *Fakebook*)

FIC 118

Ela: Boa tarde. Do que necessita?

Ele: Precisava de Indícios de Ouro. Têm?

Ela: Tem consigo a receita?

Ele: Receita!? Para comprar um livro de poesia?

Ela: Caro senhor, isto aqui é uma farmácia!

Ele: E não têm livros de poesia?

(ficção para medicação urgente)

FIC 119

Eles e Elas: Precisas de alguma coisa?

Ele: De vender livros!

(ficção para o futuro)

FIC 120

Ela: Eu queria-te conhecer melhor!

Ele: Então despacha-te, não nos sobra muito tempo.

(ficção das realidades mais próximas)

E direis vós: Não bastava a propaganda aos livros, agora vem ele com a propaganda política. Que seca de gajo com a mania que quer mudar o mundo.

FIC 121

Ele: E o senhor candidato acha que pode ser eleito?

Ele: Todos os impérios caem.

Ele: Os impérios caem, mas acha que pode ser eleito?

Ele: Isso não é importante.

Ele: Mas como vai fazer cair o Império sem ser eleito?

Ele: Lutando contra o Império!

Ele: E acha que só por lutar pode deitar o Império abaixo?

Ele: Tenho a certeza que sem lutar o Império não cai.

(ficção para a luta contra o Império)

FIC 122

Ele: Se soubesses ao tempo que estou apaixonado por ti!

Ela: E vais continuar sem me dizer!

Ele: Vou, não te quero perder!

(ficção para a cobardia amorosa)

FIC 123

Ela: Eu amo-te!

Ele: Não sejas parva!

(ficção para a franqueza)

FIC 124

Ela: CALA-TE Ó POETA DE MERDA!

Ele: No teu dia serás tão merda como eu!

(ficção para uma antimusa social-fascista)

FIC 125

Ela: Qual é o teu tipo de mulher?

Ele: Q Negativo.

(ficção para uma busca interminável)

FIC 126

Ele: E tu, conheces o Emil Gluck?

Ela: Quem?

Ele: Não me digas que não conheces o Pior Inimigo do Mundo!

Ela: Realmente, não me quer parecer. O que fez ele para ser o Pior Inimigo do Mundo?

Ele: Rebentou com todos os paióis do mundo!

Ela: Mas isso é positivo, destruir as armas. Porque lhe chamam o Pior Inimigo do Mundo?

Ele: Oh! Tens de ler a história!

(ficção para vender livros)

FIC 127

Ela: O que tu precisas é de uma mulher!

Ele: Nada disso! O que eu preciso é de uma terminologia marítima completa.

(ficção para tradução de aventuras em alto mar)

FIC 128

Ela: E o que sabes da vida?

Ele: Nada! Tenho tudo para aprender.

(ficção para a honestidade)

FIC 129

Ele: Amo-te!

Ela: E o que queres que te faça?

(ficção para diversas interpretações)

FIC 130

Ele: Preciso de companhia!

Ela: Compra um cão.

(ficção para uma tampa)

FIC 131

Ela: Boa noite, amor!

Ele: Boa noite!

(ficção para um homem apaixonado e com bom-senso)

FIC 132

Ela: O que te excita numa mulher?

Ele: Inteligência!

(ficção para a raridade)

FIC 133

Ele: E a ti, já te prometeram o teu emprego?

Ele: Já.

Ele: E o que te pediram?

Ele: O meu nome e a fotografia do meu voto.

(ficção para a campanha política)

FIC 134

Ele: Conheci a mulher da minha vida!

Ela: A sério. Finalmente. Pensei que ias ficar sozinho para o resto da tua vida.

Ele: Tudo leva o seu tempo.

Ela: Com certeza. E ela, quem é?

Ele: Ela és tu, mas não lhe digas nada, é segredo e não a quero assustar.

(ficção para um segredo mal contado)

FIC 135

Ele: Profissão?

Ela: Musa.

(ficção para um sinal de perigo)

FIC 136

Ela: E então, a tua sessão de apresentação?

Ele: Foi um sucesso. As pessoas vomitavam de nojo a cada palavra que eu dizia. Um sucesso, minha cara, um sucesso inimaginável.

(ficção para uma boa performance literária)

FIC 137

Ele: Consegui ter menos público que os Sex Pistols no seu primeiro concerto. Isto promete.

(ficção para o otimismo exacerbado)

FIC 138

Ela: E então, a tua sessão de apresentação?

Ele: Foi um sucesso. As pessoas vomitavam de nojo a cada palavra que eu dizia. Um autêntico sucesso, minha cara, um sucesso inimaginável.

(ficção para uma boa performance teatro-literária)

FIC 139

Ele: Preciso de encontrar uma mulher inteligente e séria.

Ela: No teu caso, isso só para lá de Plutão.

(ficção para o inalcançável)

FIC 140

Ela: E então a tua mulher deixou-te.

Ele: Sim, eu não a conseguia aturar mais.

(ficção para a perspetiva)

FIC 141

Ela: Ela separou-se dele.

Ele: Deve ser apenas um arrufo.

Ela: Esquece, ela é uma pita.

Ele: Isso não impede que goste dele.

Ela: Ouve o que te digo, ela é uma pita, não sabe o que quer.

(ficção para a honestidade feminina)

FIC 142

Ela: Tu tens que perceber que a nossa relação acabou.

Ele: Tu tens que perceber que ela morreu.

(ficção sobre a fé feminazi a explorar em diálogos contínuos)

FIC 143

Ele: Tenho a comida pronta, a que horas chegas?

(ficção para o marido otimista)

FIC 144

Ele: Um homem sem mulher não vale nada.

Ele: Desde que ela valha alguma coisa.

Ele: Você tem mulher?

Ele: Já tive algumas, de momento não.

Ele: Um homem sem mulher não vale nada, há que a procurar. Um homem sem mulher não presta para nada.

(ficção para o realismo serrano octogenário)

FIC 145

Ela: Tu acreditas no amor à primeira vista?

Ele: Claro que sim.

Ela: E quando te aconteceu pela última vez?

Ele: Agora.

(ficção para o amor de *one night stand*)

FIC 146

Ela: E então? Namoramos?

Ele: Ainda não sei se é boa ideia.

Ela: Qual é a tua dúvida? Eu sou absolutamente perfeita para ti.

(ficção para a pragmática feminina)

FIC 147

Ela: E então, quando lanças o teu próximo livro?

Ele: *Soon, very soon!*

(ficção para a ficção cinematográfica)

FIC 148

Ele: Hoje não tens ginástica?

Ela: Tenho.

Ele: Essas sapatilhas não são boas para ginástica!

Ela: Pois não. Escorregam. Deixa lá, ela não tem consciência.

(ficção para umas sapatilhas maternalmente inconscientes)

FIC 149

Ele: E o que achas de ter razão?

Ela: Não podes ter sempre razão, mesmo que a tenhas muitas vezes.

(ficção para uma mulher prática)

FIC 150

Ela: Porque não arranjas uma namorada?

Ele: Porque sou essencialmente insuportável.

(ficção para a solidão contínua)

FIC 151

Ele: Tenho-vos a dizer que os Cistus é uma excelente pinga, acompanha bem com queijo, feijoada, bolonhesa, lareira e até com nada. Que pinga! Espero que a vossa segunda-feira tenha sido feliz e depois de amanhã é outro dia e o sol volta a nascer, lavais os dentes mandais a real caga, ides trabalhar (os que têm emprego), e tudo irá pelo melhor dos mundos possíveis.

(ficção para o otimismo do Cistus com referência final a "Candid" de François-Marie Arouet)

FIC 152

Ela: Qual é o teu problema com as mulheres?

Ele: QI.

(ficção para um problema contrassexista)

FIC 153

Ela: Qual é o teu tipo de mulher?

Ele: Bonita, meiga e inteligente.

Ela: Estás fodido!

(ficção para um problema de fundo)

FIC 154

Ela: E tu? Como sobrevives à realidade?

Ele: Escrevo!

(ficção para um contrapecado)

FIC 155

Ele: E o senhor escreve com o Acordo Ortográfico de 1990?

Ele: Escrevo com qualquer Acordo Ortográfico desde que foneticamente legítimo e previamente definido.

(ficção para uma entrevista de emprego)

FIC 156

Ela: Por que não cortas a barba? Está enorme!

Ele: Porque assim mantenho as mulheres à distância.

(ficção para uma barba grande)

FIC 157

Ela: Por que não cortas a barba? Está monstra!

Ele: Porque receio morrer e não quero ir à cerimónia despido.

(ficção para uma barba depois da morte)

FIC 158

Ele: Gostas de Beatles?

Ela: Não!

Ele: Então vai-te foder!

E ela foi.

(ficção à bruta com paraplágio de Leminski)

FIC 159

Ele: Gostas de Beatles?

Ela: Não!

Ele: E alguma ouviste com olhos de ouvir?

(ficção à bruta reeditada e sem paraplágio de Leminski)

FIC 160

Ele: A menina desculpe, pode por gentileza dizer-me a que horas é o comboio para Lisboa.

Ela: Não tenho horas.

(ficção para uma deixa sem resposta)

FIC 161

Ela: Então? Ao tempo que não te via! Estás com ótimo aspeto.

Ele: Obrigado. Cá se vai.

Ela: E o que tens feito?

Ele: Escrevo e traduzo livros.

Ela: A sério? E quantos tens publicados?

Ele: Vou agora para os quinze.

Ela: Não me admira, lembro-me de ti no liceu, nas aulas de História, tinhas uma cerebrão! Eras impressionante.

Ele: (Onde é que eu deu cabo da minha vida?)

(realidade ficionada para um reencontro com uma colega de liceu incluíndo um cafuné ao ego do tamanho da Cordilheira dos Andes)

FIC 162

Ele: Você está curado!

Ele: Isso são boas notícias, Doutor.

Ele: Ótimas, pode andar com a sua vida.

Ele: Ótimo, Doutor, mas diga-me: já me posso voltar a apaixonar a sério?

Ele: Tenha calma, acabou de ultrapassar um problema complicado, não arranje já outro.

(ficção para uma consulta vascular)

FIC 163

Ela: Sempre encontraste a tal?

Ele: Encontrei.

Ela: E ela onde está?

Ele: Não quis vir.

(ficção da Guerra de Raúl Solnado em versão melodra-
mática)

FIC 164

Ela: As tuas exs são todas muito giras!

Ele: Pois são. Tenho bom gosto, que julgas? Mas tu ainda não a viste a próxima.

Ela: Vais arranjar uma nova namorada?

Ele: Nada disso, vou arranjar uma ex-nova.

(ficção para a pragmática de pai solteiro)

FIC 165

Ela: Boa sorte para amanhã.

Ele: Assim espero, é a mulher da minha vida.

Ela: E como vais fazer?

Ele: Um hamburguer especial com esparguete. Ela adora.

Ela: E isso chega-lhe?

Ele: Sim, depois vai para a mãe.

(ficção do pai solteiro em horas extraordinárias)

FIC 166

Ela: E isso de ser musa é remunerado?

Ele: Sim, pode valer fortunas.

Ela: Nunca imaginei que assim fosse.

Ele: Amor, com amor se remunera.

(ficção para uma musa remunerada)

FIC 167

Ela: Tens que arranjar uma gaja.

Ele: Outra? Não! Como dizia o Vinicius de Moraes: ser de muitas, poxa, é de colher, não tem nenhum valor.

Ela: Mas tu és um indefetível romântico, é-te impossível não procurar uma.

Ele: Sim, mas uma mulher, não uma gaja. Há muitos barcos a sair do porto.

Ela: Lá vens tu com as metáforas.

Ele: Sabes, como diz o Chico: o amor não tem pressa, ele pode esperar.

Ela: E vais continuar sozinho?

Ele: Eu não estou sozinho, ela é que está atrasada.

(ficção para as grandes expetativas com boas referências)

FIC 168

Ele: E gostas de Smiths?

Ela: Prefiro chicletes.

Ele: Ah! Ok. Tenho que ir.

(ficção para um erro de *casting*)

FIC 169

Ela: O que queres fazer de mim?

Ele: Literatura.

(ficção para a água-benta)

FIC 170

Ela: Vi-te, estavas a escrever.

Ele: Sim, estava. Acontece muitas vezes.

Ela: Parecia que estavas a escrever sobre mim.

Ele: Sim, estava. Acontece muitas vezes.

Ela: E não me vais deixar ler?

Ele: Não!

(ficção para o mau feitio do poeta, acontece muitas vezes)

FIC 171

Ela: O que queres fazer comigo?
Ele: Literatura.
Ela: Não estou interessada.

(ficção para a água-benta mútua)

FIC 172

Ele: Já não sei o que hei-de fazer.

Ela: E se deixasses de ser ridículo?

(ficção para a pragmática feminina)

FIC 173

Ele: Já não sei mais o que hei-de fazer.

Ela: E se deixasses de ser ridículo?

Ele: Não seria eu.

Ela: Olha que não se perdia nada.

(ficção para a pragmática feminina descarada)

FIC 174

Ela: Quero fazer amor contigo.

Ele: Não sei se será boa ideia.

Ela: Porquê!? Não te agrado?

Ele: Tu agradas-me, mas esqueci-me de trazer preservativos.

Ela: Eu tenho, não te preocupes.

(ficção para a mulher moderna)

FIC 175

Ele: E aquela mulher por quem andavas tolo, sempre conseguiste falar com ela?

Ele: Bem, assim assim. Consegui, mas acho que não vai dar em nada.

Ele: A sério? É pena. Correu alguma coisa mal?

Ele: É complicado explicar. Prefiro não te dizer.

Ele: Não me digas que é benfiquista!

Ele: Nada disso, é sportinguista.

Ele: Dá para viver com isso!

(ficção para uma conversa de dois amigos portistas)

FIC 176

Ela: Precisas de falar assim com as pessoas ao telefone?

Ele: Não era uma pessoa, era a minha ex-mulher.

(ficção para um "dasssse" não censurável)

FIC 177

Ele: Olá, mulher dos meus sonhos.

Ela: Olá!

Ele: Onde é que andaste a minha vida toda?

Ela: No mesmo sítio para onde vou agora.

Ele: E para onde é isso?

Ela: Onde não me consigas encontrar.

(ficção para um belíssima tampa)

FIC 178

Ela: Onde trabalhas?

Ele: Em qualquer lado.

Ela: Então não tens um emprego.

Ele: O que é isso?

(ficção para a desobediência civil)

FIC 179

Ele: *And I can yell you, that, thpugh, you are, still daed unitil fiur-ther notice. I wpyld fuck u anuway.*

(ficção para escrita inteligente)

FIC 180

Ela: Ó Poeta! Diz lá uma das tuas poesias!

O Poeta: Estou fora do horário de trabalho, talvez mais logo.

(ficção para o Poeta Profissional)

FIC 181

Ela: O teu problema é ninguém te leva a sério.

Ele: Eu sei, por isso é que deixei de levar as pessoas a sério.

(ficção para um sintoma de misantropia)

FIC 182

Ele: Boa tarde, Senhor Doutor.

Ele: Boa tarde, em que posso ser útil?

Ele: Estou com um problema grave, faz três dias que não me apaixono por uma mulher.

Ele: Bom, mas isso é natural, as pessoas não se apaixonam todos os dias.

Ele: Não no meu caso, Senhor Doutor, não no meu caso.

Ele: Hmm! Então é possível que esteja a sofrer uma disfunção amorosa com frustração de hipotálamo.

Ele: É possível, Senhor Doutor, é possível.

Ele: Tem saído de casa?

Ele: Sim.

Ele: E mulheres bonitas, tem visto?

Ele: Sim, Senhor Doutor.

Ele: Procure uma inteligente.

(ficção para uma consulta resolutiva)

FIC 183

Ela: O que te acontece quando tens um orgasmo?
Ele: Publico um livro.

(ficção para um *bestseller*)

FIC 184

Ele: Posso-te convidar para jantar?

Ela: Podes.

Ele: Combinámos para hoje?

Ela: Lamento, não vou poder aceitar. O meu namorado não iria gostar da ideia.

Ele: Eu também não estava a pensar convidá-lo.

Ela: Eu sei, era só a mim. Mas hoje não tenho tempo.

(ficção para uma mulher indecisa)

FIC 185

Ele: Achas que valeria a pena conhecermo-nos melhor?

Ela: Não! Só amizade.

(ficção para a *friendzone*)

FIC 186

Ele: Vais-me dar uma carga de trabalhos, não vais?

Ela: Eu? Porquê?

Ele: Porque estou apaixonado por ti.

Ela: É melhor esqueceres isso. Tenho um namorado e ele não vai ficar contente.

Ele: Não lhe digas.

(ficção para um embrulho)

FIC 187

Ela: Para ti o que é fundamental numa mulher?

Ele: Que escreva bem português, salvo se for estrangeira.

Ela: E a fidelidade, não te diz nada?

Ele: De que serve a fidelidade se ela não distinguir "à" na contração da proposição "a" com o artigo ou pronome "a", do "há" do verbo haver?

Ela: Pois, a fidelidade não é tudo.

(ficção para um erro de casting com uma dose ligeira de ressabiamento misógeno)

FIC 188

Ela: A tua ex também cometia erros de português.

Ele: Não sei de qual falas, mas porque é que achas que ela é uma ex?

(ficção para o fim de uma relação linguística)

FIC 189

Ela: Os homens <u>pensão</u> que as mulheres não percebem o que eles querem.

Ele: Exato. É isso que eles <u>pensam</u>. Agora desculpa que eu tenho que ir comprar cigarros antes que seja tarde.

(ficção para uma Ela a evitar)

FIC 190

Ela: És tão complicado, nem sei como é que conseguiste fazer um filho.

Ele: Ela escrevia bem português, às vezes melhor do que eu.

Ela: Então está tudo explicado.

(ficção para o nascimento de uma criança filha de um prepotente moderado e de uma boa escrevente de português)

FIC 191

Ele: Olha que bem que aquela estava para ti.

Ele: Não faz bem o meu género.

Ele: Hás-de me mostrar o teu caixote do lixo.

Ele: Nem pensar, posso precisar de ir lá a qualquer momento.

(ficção de uma conversa com um saudoso Avô)

FIC 192

Ele: Queres vir jantar ou beber um copo?

Ela: Tu queres é comer-me!

Ele: Estás enganada, só quero uma companhia feminina.

Ela: Isso é o que tu dizes, mas depois abre-se-te o apetite.

Ele: Achas-te assim tão apetitosa?

Ela: Não, acho que não resistirias ao teu instinto.

Ele: E tu, resistirias ao teu?

(ficção de um lobo mau e de uma raposa matreira)

FIC 193

Ela: Já te disse que a nossa relação acabou!

Ele: Até que enfim que percebeste.

Ela: Eu não gosto de ti!

Ele: Isso é o que tu dizes, mas depois abre-se-te o apetite.

Ela: Eu tenho outra pessoa.

Ele: Ainda bem. Agora posso ir à minha vida sossegado?

Ela: Não! Eu não gosto do que tu fazes.

Ele: Ótimo. Já me podes largar?

Ela: Não!

(ficção para uma falsa negativa egocêntrica sociapática funcional)

FIC 194

Ela: Vê lá o que fazes!

Ele: Porque dizes isso?

Ela: Por causa daquela gaja com quem estavas ontem.

Ele: O que tem?

Ela: Vê lá o que fazes!

Ele: Isso é da minha conta.

Ela: Vê lá o que fazes!

Ele: Mas que diabo, porquê?

Ela: Porque ainda podemos voltar a ficar juntos.

(ficção para o último cartucho)

FIM

Este Aparelho Deve Ser Instalado Por Pessoas Competentes

Sobre o Autor

Filipe Faro da Costa nasceu na cidade do Porto em 1980, tendo vivido entre Porto, Vila Nova de Gaia, Arcos de Valdevez, Ponte da Barca e Braga. Frequentou a Licenciatura de Inglês-Alemão (ensino) tendo depois efetuado transferência para a Licenciatura de Línguas Estrangeiras Aplicadas (agora Línguas Aplicadas) na Universidade do Minho em Braga, sem que ainda a tenha concluído. Trabalhou durante vários anos na área das artes gráficas e publicidade. Declara-se Poeta, contista, prosador e tradutor, tendo já quinze livros publicados entre livros de poesia, contos e traduções de autores como Jack London ou Voltaire.

Este Aparelho Deve Ser Instalado Por Pessoas Competentes

Títulos da Coleção
Dez Maravilhas de Jack London

Este Aparelho Deve Ser Instalado Por Pessoas Competentes

Outros Títulos Publicados
Pela ContraatircsE

Livro dos Poemas de Fruto Proibido
do Doutor Armando do Sal
e Outros Textos Neoexperimentais
Philipe Pharo da Costa

As Meias do Poeta Victor Nuno de Menezes
e Outros Fragmentos Físico-Teóricos
Philipe Pharo da Costa

Me And The World: Poetry and Fragments
(Bilingual Edition Portuguese-English)
Philipe Pharo da Costa

De Moi Vers Le Monde
(Édition Bilingue Portugais-Français)
Tradução de Johanna Sciamma e Marie-Manuelle da Silva
Philipe Pharo da Costa

Este Aparelho Deve Ser Instalado
Por Pessoas Competentes
(Primeiro Manual)
Philipe Pharo da Costa

A PUBLICAR BREVEMENTE

O Carregador Zarolho
Série Grandes Autores
Voltaire
Tradução: Philipe Pharo da Costa

Este Aparelho Deve Ser Instalado Por Pessoas Competentes

Nota Breve

Este título será futuramente seguido de segundo volume com microcontos e novas formas de instalação literária.

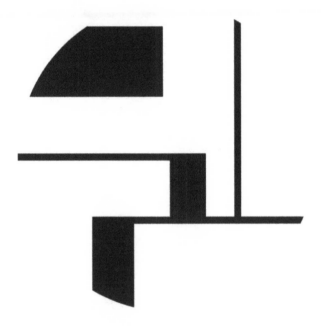

Ingram Content Group UK Ltd.
Milton Keynes UK
UKHW010717130623
423366UK00004B/198

9 789895 413003